P9-DNN-261

Anthony Browne

WILLY EL MAGO

LOS ESPECIALES DE
A la orilla del viento
FONDO DE CULTURA ECONÓMICA
MÉXICO

Primera edición en inglés: 1995
Primera edición en español: 1996

Coordinador de la colección: Daniel Goldin
Traducción: Carmen Esteva

Título original: *Willy the Wizzard*
© 1995, A. E. T. Browne & Partners
Publicado por Julia MacRae Books. Random House, Londres
ISBN 1-85681-661-3

D.R. © 1996, Fondo de Cultura Económica
Av. Picacho Ajusco 227; México, 14200, D.F.

ISBN 968-16-5022-0

Impreso en Colombia. Panamericana, Formas e Impresos, S.A.
Calle 65, núm. 94-72, Santafé de Bogotá, Colombia
Tiraje 7 000 ejemplares

Para Nicholas, Francesca y Jacqueline

A Willy le gustaba mucho el futbol. Pero había un problema,
él no tenía botines. No tenía dinero para comprarlos.

Willy iba con mucho entusiasmo a los entrenamientos
semanales. Corría y perseguía y marcaba, pero nadie
le pasaba la pelota. Nunca lo escogían para el equipo.

Una noche, cuando Willy caminaba de regreso a casa, al pasar por la vieja pastelería, vio a alguien que peloteaba con un balón. El desconocido vestía un anticuado uniforme de futbol, como el que el padre de Willy solía usar, según él recordaba. Y jugaba bien, muy bien.

Willy se quedó observando un rato y cuando el balón llegó hasta él, lo pateó de regreso. Jugaron juntos en silencio, pasándose la pelota.

Entonces el desconocido hizo algo inesperado.
Se desató sus botines, se los quitó, y sin decir
una sola palabra se los dio a Willy.

Willy los miró fijamente, con asombro.

Cuando levantó la vista
no había nadie.

Con mucho cuidado de no pisar
ninguna raya en la acera,
Willy se llevó los botines a su casa.

Los limpió y los lustró
hasta que se vieron como nuevos.

Después subió lentamente la escalera,

contando *cada* escalón (dieciséis),

se lavó *muy* bien las manos y la cara,

se cepilló los dientes durante cuatro minutos *exactamente*,

se puso la piyama (siempre la parte de arriba primero,

siempre con los *cuatro* botones abrochados),

usó el baño y brincó a su cama.

(Tenía que estar en la cama antes de que dejara

de correr el agua del excusado porque, ¿quién sabe qué

podía sucederle si no lo hiciera así?)

Cada mañana repetía todas estas rutinas al revés.

Cada mañana.

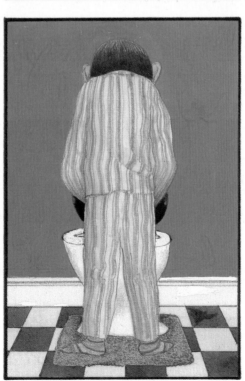
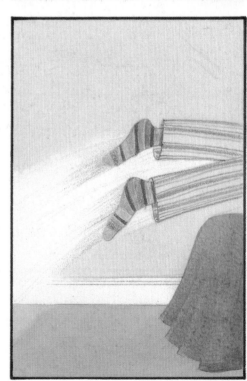

Willy se sintió muy orgulloso de llevar sus botines
al siguiente entrenamiento, pero los otros jugadores
no se impresionaron en lo más mínimo...

…hasta que lo vieron jugar.

Con los viejos botines, ¡Willy era fantástico!

Cuando el capitán seleccionó a los jugadores
para el partido del siguiente sábado,
Willy no podía creer lo que veía.

Estaba tan contento que corrió hasta su casa
(con mucho cuidado de no pisar las rayas de la acera).

Todos los días Willy se ponía sus botines
y practicaba sus tiros, burlaba, pasaba y cabeceaba.
Lo hacía cada vez mejor y mejor. Willy estaba seguro
de que sus botines eran mágicos.

Todas las tardes Willy se ponía sus botines y regresaba
a la vieja pastelería. Había algo familiar en el desconocido
que hacía que Willy quisiera volver a verlo. Pero él
nunca estaba allí.

La noche del viernes Willy cumplió

su rutina de antes de acostarse.

Subió lentamente la escalera contando *cada* escalón

(todavía dieciséis),

se lavó *muy bien* las manos y la cara,

se cepilló los dientes durante cuatro minutos *exactamente*,

se puso la piyama (la parte de arriba primero,

con los *cuatro* botones abrochados),

usó el baño y brincó a su cama

antes de que hubiera dejado de correr el agua (¡fiu!).

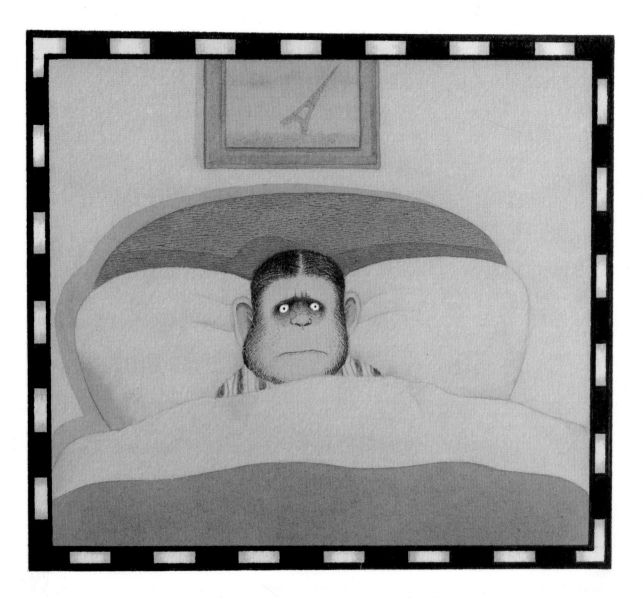

Pero Willy estaba demasiado excitado
para conciliar el sueño. Finalmente cayó
dormido, intranquilo, soñando en desastres.

A la mañana siguiente se despertó sobresaltado.

¡Eran las 9:45 y el encuentro empezaba a las 10:00!

Brincó de la cama,

se puso rápidamente su ropa,

corrió escaleras abajo

y salió volando por la puerta.

Willy corrió todo el camino hasta el campo de futbol.

Cuando llegó allí los otros jugadores ya se habían cambiado.

El capitán le arrojó su uniforme a Willy

y éste se lo puso. Entonces se dio cuenta de algo terrible...

¡HABÍA OLVIDADO SUS BOTINES!

Alguien le consiguió otro par.

—No comprenden... — dijo, pero el equipo

ya estaba en la cancha.

El rugido de la multitud se volvió risas cuando Willy
salió de los vestidores. Willy sonrió, pero en su interior
sintió enojo.

El juego empezó. Willy se sorprendió de lo rápido que era.
Después de pocos minutos los contrarios ya habían anotado.
¡Uno a cero! En el reinicio el balón le llegó a Willy
por el extremo. No tuvo tiempo para pensar, sólo corrió
con la pelota.

Willy era un mago. La pelota parecía estar unida a él
por un hilo invisible. Burló a tres contrarios,
e hizo un tiro cruzado perfecto. ¡GOL!

Parecía como si Willy no pudiera equivocarse.
Cada vez que tenía el balón los contrarios se quedaban
hipnotizados. Los dos equipos eran muy parejos. Faltaban
unos cuantos segundos para que el juego terminara
y todavía iban 1-1. Le pasaron el balón a Willy, que estaba en
la defensa. Burló a un jugador, y a otro, y a otro, y a otro,
hasta que rebasó a todos los contrarios.

Sólo faltaba abatir al portero. El portero
era enorme y la portería se veía pequeñita.
¿Lo podría hacer Willy?

¡Por supuesto que pudo! La multitud quedó pasmada cuando
Willy logró el tiro perfecto. ¡¡¡GOOOOOL!!!

"¡WILLY EL MAGO! ¡WILLY EL MAGO!",
entonaba la multitud

Más tarde, camino de regreso a casa
Willy se acordó de los
botines y del desconocido,
y sonrió.